Caliope
editorial

proof

# Werthel

WWW.WERTHEL.COM

proof

Lizy Rogulick

# Werthel

Primera edición: noviembre de 2017

© Grupo Editorial Max Estrella
© Lizy Rogulick
© Werthel

ISBN: 978-84-17233-12-9
ISBN Digital: 978-84-17233-13-6

Grupo Editorial Max Estrella
Calle Fernández de la Hoz, 76
28003 Madrid

Editorial Calíope
editorial@editorialcaliope.com
www.editorialcaliope.com

proof

# WERTHEL

Tiempos de Castillos imponentes, hadas, magos, reyes, príncipes y hechizos.

Tiempos de Magia, de sabiduría, de nobleza, de valores muy genuinos brillando en el corazón de los habitantes de Werthel, y defendiéndolos contra todos y a pesar de todo...

Tiempos de Werthel... Un Reino de paz y magia blanca, que utiliza sus poderes para ayudar, cuya magia es tan poderosa que nunca ha tenido oponentes, hasta ahora...

Pero en el mundo de Athian, no solo convergen pueblos llenos de luz, magia y poder, sino también los que destilan oscuridad y tiniebla como es el Reino de Yersel, cuya magia desde tiempos remotos siempre se ha utilizado para oprimir y expandirse en pos de la conquista total de Athian.

Así, Athian ha obtenido muchos aliados a través de los tiempos. Se han unido las fuerzas oscuras para derrocar el Reino de Werthel. En primer lugar, un hechizo de muerte y destrucción muy poderoso fue enviado a este Reino, pero gracias a la poderosísima Magia de Dasha, la Hechicera protectora de Werthel, se logró modificar este final atroz abriendo un portal y transportando a la familia Real hacia otro Mundo: la Tierra. Resultado de este acontecimiento es que las vidas de estos Werthelianos deban adaptarse a un mundo extraño y nuevo, y a su vez luchen por volver al suyo y liberarlo del poder del mal.

Es entonces como el Rey Malcom VII, las Princesas Lady Marian, Lady Lisbeth, el Príncipe William y el Paje Real Ethan se ven involucrados en aventuras increíbles llenas de velocidad, vértigo, música y emoción.

Ahora estos Werthelianos deben vivir en un mundo nuevo y desconocido, mientras intentan volver al suyo y liberarlo. Claro que en este mundo conocen el amor, y diferentes pasiones, como el Príncipe William que se vuelve corredor de motos, o la Princesa Lisbeth, quien se convierte en una gran cantante, o Ethan, que aquí dejará de ser un simple Guardia Real para convertirse en un Astro del Fútbol y poder de esta forma luchar por el amor que le estaba prohibido...

Las almas de estos viajeros quedan atrapadas entre dos mundos, entre la lealtad, el honor, y el amor...

¿Podrá la Magia liberar sus corazones?

# CAPÍTULO I

# REINO DE WERTHEL

Es la época actual en el mundo de Athian, mundo en el cual convergen pueblos llenos de luz, magia y poder, y también los que destilan oscuridad y tiniebla como es el Reino de Yersel, gobernado por el Hechicero Bardar, cuya magia desde tiempos remotos siempre se ha utilizado para oprimir y expandirse en pos de la conquista total de Athian, y ha obtenido muchos aliados a través de los tiempos.

Pero también existen reinos de paz y magia blanca, que utilizan sus poderes para ayudar, entre ellos se destaca el Reino de Werthel, cuya magia es tan poderosa que nunca ha tenido oponentes, hasta ahora…

Hablemos de este Reinado tan especial, ya que nuestra historia se centra en él.

Tiempos de castillos imponentes, hadas, magos, reyes, príncipes y hechizos.

Tiempos de magia, de sabiduría, de nobleza, de valores muy genuinos brillando en el corazón, y defendiéndolos contra todos y a pesar de todo…

Tiempos de Werthel.

Era uno de los reinos más amables y fantásticos para vivir ya que la libertad y el respeto se respiraban en todos los lugares. Además, el cariño de las princesas por todo su pueblo generaba una cálida unión y armonía.

No practicaban la guerra salvo en extremos casos de intentos de ataque exterior por invasión, pero jamás desde el mismo reino intentarían la conquista de nuevas tierras o reinados, eso es sacrilegio e inmoralidad. El espíritu de su líder era gobernar con dignidad y nunca con abuso de poder, lo cual no significaba tampoco debilidad .Por ser un rey generoso con su pueblo, generaba recelo y discordia con algunos monarcas vecinos que se basaban en la fuerza para reprimir a sus súbditos ,y de ahí que intentaban invadir para conquistar definitivamente Werthel.

Cielo muy azul con densas nubes que intentan ocultar los bravos rayos de un sol siempre radiante. Una brisa muy cálida acaricia las vidas de los afortunados súbditos que habitan en este Reino.

Estéticamente perfecto, Werthel parece haber sido diseñado por un arquitecto o paisajista: bosques encantados con laberintos de exótica vegetación, jardines flotantes con maravillosas flores jamás antes vistas, cascadas y manantiales de agua cristalina que se encuentran bendecidos por monjes desde hace miles de años y, pocos conocen el secreto de sus aguas, que sigue siendo custodiado por los sucesores del Gran Templo Afrodita.

Las montañas bañadas en plata parecen proteger el Río Serec, en el cual se puede apreciar nadar a las sirenas afroditas que van de un lado a otro acompañadas de un ágil aleteo, a todas, menos a una, a Telsea, que rara vez se deja ver, pero si escuchar, ya que su garganta musical hipnotiza y subyuga, y verla es quedar sin aliento. Telsea posee la virtud de transformar su cola en piernas, aunque solamente por un tiempo, ella es hija de los dioses Zeus y Gibraltar, por eso es capaz de dominar los mares y el clima, es muy poderosa y admirada…, y es la Protectora de las aguas sagradas.

En el bosque Sharon, existen frondosos árboles, y es el lugar elegido por las hadas y duendes para reunirse y disfrutar de lo que ellos llaman «la hermandad de los menores», tal vez se deba tal nombre a la altura de sus miembros… Quién sabe.

En las noches de luna nueva, se puede ver la silueta de Pegasus, el corcel negro alado, cabalgar en la noche tal como un fantasma. Cuenta una leyenda Wertheliana que Pegasus jamás ha sido montado, y solo podrá correr con esa suerte «el forastero de noble corazón y espada sagrada, de sangre real y aspecto sin linaje, que surgirá de otro mundo». ¿Una leyenda o una profecía?

Quién sabe… Werthel está lleno de historias, y muchos aseguran que varios de los cuentos de hadas tan conocidos, fueron reales, y sucedieron en tierras Werthelianas. ¿Cuáles? Cenicienta por ejemplo, y su zapato de cristal se conserva en el castillo, pues ella fue un ancestro de la gran familia Real, aunque la historia era un poquito diferente… pero en fin.

También Robin Hood se inspiró en los bosques de Sharon, después se le cambio el nombre a Sherwood, él era Wertheliano y defendió varios reinos opresores de Athian, sacándoles a los ricos para darles a los pobres. Es un gran Héroe en Werthel, pues supo llevar el mensaje de justicia e igualdad hacia todas partes, y hay quienes dicen, que el nieto de Robin vive en Sharon, y espera el momento adecuado para iniciar una gran revolución. ¿Otra leyenda?

La aldea es luminosa, con casas amplias y corazones tranquilos. Es un reino embellecido por la justicia que aplica su Rey.

En la cumbre más alta de Werthel, sobre la montaña dorada, sé eleva el castillo que alberga a la familia Real, tan amada por sus súbditos, como jamás se ha visto en otro Reino.

El Hechicero del Reino era el Gran Mago Morgan, un anciano que había visto nacer al Rey Malcom, y desde que lo tuvo en sus brazos fue su fiel consejero. Ahora su misión es ser el tutor de Fantasy, una hechicera joven de grandes poderes, mucho más grandes de lo que ella misma imagina, pero aún debe aprender a manejarlos, y se entrena diariamente para llegar a cumplir el rol asignado, qué es ser la hechicera protectora de Werthel.

Malcom y Morgan ayudaron a Trisha dándole asilo político cuando ella buscó ayuda y les contó que estaba esperando un hijo.

Morgan ni lo dudó y le pidió a su Rey que dejara vivir en Werthel al Hada nórdica.

Trisha era un Hada con poderes realmente notables, y con Bardar se potenciarían de una forma increíble los poderes de aquel hijo que vendría. Bardar nunca debería saber que tendría un hijo, o sería el principio del fin.

También había un Hada Madrina, Estrella, que llegó al castillo enviada por Zeus, cuando nacieron los hijos del Emperador. Era una luz para todos, siempre sonriente, volando y ayudando, dueña de una bella sonrisa y una figura celestial, y ni hablar de sus poderes, que eran muchos y muy fuertes. Junto a Morgan, a veces pasaban largas noches mezclando diferentes esencias buscando hechizos de luz y prosperidad.

El Rey Malcom VII era un soberano leal y justo, y muy generoso con su pueblo, lo que generaba recelo y discordia en los demás reyes, que se basaban en la fuerza para oprimir y explotar a sus súbditos. Muchas veces este reino había sido atacado, pero sin éxito, ya que la magia lo protegía de todo mal. Si bien también poseían un ejército bien entrenado, jamás habían tenido que derramar ni una sola gota de sangre.

El Rey Malcom era viudo, y tenía cuatro hijos, dos princesas adolescentes, una pequeña de siete años y su único hijo varón, el príncipe y futuro heredero de la corona —claro que William ni se daba por enterado—. Cuando nació el Príncipe una gran tristeza cubrió el palacio ya que eran dos los recién nacidos, y uno de ellos, el primogénito, misteriosamente desapareció; buscaron día y noche sin encontrar ningún rastro. Morgan les dijo en ese momento de angustia que no lloraran, porque Kendall —así lo habían llamado al pequeño— tenía una gran misión que cumplir, había nacido diferente.

No les dio más explicaciones que esto, y se prohibió en el reino volver a mencionar este trágico incidente, por esto cuando las princesas mellizas nacieron, el reino volvió a sonreír.

Las princesas mellizas devolvieron la alegría y frescura, ya que sus locuras envolvían todo el reino, se llamaban Lady Marian —en honor a la señora de Robin Hood—, y Lady Lisbeth. ¡Nunca dos mellizas fueron tan diferentes!

Mientras que Lady Marian era muy femenina, delicada y de cabellos rubios, su hermana era más rebelde, apasionada, y sus larguísimos cabellos eran negros, tan negros como la mismísima noche más profunda y tormentosa.

Mientras que Marian vivía cantando, Lisbeth bailaba de una forma inquietante y sensual, ambas eran de corazones dignos y llenos de ternura y comprensión. Lisbeth, además, poseía la rebeldía más absoluta .y peleaba sin freno por las causas que consideraba justas; Marian en cambio, era más diplomática y pelear nunca se le ocurriría como alternativa. La traviesa Lady Faith era, por supuesto, la más mimada y caprichosa. Pero sumamente justa y muy parecida al carácter de

Lisbeth. Ojos azules y cabellos castaños muy largos. Ojos siempre chispeantes, porque siempre está tramando algo.

William, el príncipe, era un apuesto joven de cabellos rubios y ojos profundamente azules, alto y esbelto, siempre se le podía ver correr veloz como el viento cruzando los campos, sentir el viento en su rostro y la adrenalina en su cuerpo era lo único que a este simpático muchacho le interesaba, aunque ya estaba siendo consultado por su padre por el hecho de contraer matrimonio; ya estaba llegando la hora de sentar cabeza, decía el rey Malcom sin obtener jamás una respuesta.

Ethan, el paje Real, era un esbelto y fuerte jovencito, de cabellos negros y lacios y ojos muy verdes de un mirar inquietante y rebelde. Creció en el Palacio Real y cuida y protege a las princesas, de ahí que su corazón siempre suspiró desde la infancia por la salvaje Lady Lisbeth, un amor tan fuerte como imposible debido a la diferencia de castas. Mucha destreza física, cuerpo muy atlético debido al rigor de su entrenamiento militar, excelente espadachín. Valiente y digno, Ethan era la mano derecha del rey, lo que causaba desmesurados celos en Williams, que, como lo veía tan perfecto y valeroso, no lo podía ni ver. A Ethan seamos sinceros, tampoco le caía bien aquel príncipe tan desinteresado y fanfarrón.

## YERSEL, REINO DE LA OSCURIDAD

Gobernado por la magia inmensurable de Bardar, es un reino muy importante por su dimensión y poder.

Bardar es un hechicero con grandes poderes y mucha ambición. Desea gobernar Athian, por eso necesita primero conquistar Werthel. Es un hombre alto, delgado, cabellos oscuros y largos caen por su pálido semblante. Intimidante. Extraño. Así podría definírselo. Su gran amor fue Trisha, y al perderla es como si lo poco de humanidad que poseía en su corazón se hubiese esfumado. Sabía que ella estaba embarazada pero nunca pudo encontrarla cuando huyo. Hallar a ese hijo es su cuenta pendiente, pues seguramente sería dueño de poderes extraordinarios, y juntos, no tendrían límites.

Alexander es su joven hijo, vive en su oscuro castillo junto a su fiel servidor Telkis, quien siempre cumple sus órdenes aunque le cueste su propia vida.

proof

# CAPÍTULO II

# EL REINO DE FISLANDIA

# EL PRÍNCIPE RAMSUS

El castillo lucía con todo su esplendor ya que en el reino vecino de Fislandia se celebraba la fiesta más esperada por las doncellas del lugar, ya que se presentarían para que el joven príncipe Ramsus escoja su prometida. Ramsus era un distinguido joven de finos rasgos, largos y muy rubios cabellos y ojos extremadamente azules.

Por tradición en este reino debería elegir esposa únicamente entre las doncellas de su propio reino, pero por supuesto son invitadas todas las princesas vecinas, haciendo de este un gran acontecimiento.

La música se escuchaba de lugares remotos, las luces brillaban como las estrellas, todo esa noche era maravilloso. Todas las invitadas llegaban con sus mejores galas y actitud romántica para agradar al joven heredero de la corona.

Ramsus espiaba a través de un gran cortinado a todas las mujeres que iban llegando, para ver si lograba que alguna sacudiera su corazón pero nada… hasta que sus ojos parpadearon al ver entrar a una joven alta, muy rubia, muy hermosa, muy… extranjera. Por Dios, era Lady Marian, la Princesa de Werthel, a quien no veía desde hacía muchísimos años… desde niños.

Y entonces llegó la condesa Ginebra, una doncella de linaje dentro del reino, cuyo afán siempre ha sido llegar a ser reina de Fislandia, y para tal fin utilizaría cualquier método. Es una joven hechicera, tan bella como malvada, cuya magia es muy poderosa pues sus ancestros habían sido alquimistas y magos, y fueron aumentando los poderes de generación en generación, hasta llegar a ella con la fuerza de los tiempos y potenciada por la maldad y crueldad de esta joven ambiciosa.

Bailaron todos, se presentaron las doncellas, y cuando Ramsus se cruzó con Marian, fue como si dos titanes se encontraran, se reconocieran y se amaran, fue mágico… tan mágico como imposible… toda la noche hablaron y bailaron...

Ginebra los contempló a ambos, y sus ojos se oscurecieron más y más… luego desapareció para ocultarse en su castillo… debía pensar.

Una vez finalizada la magnífica fiesta, el castillo volvía a la normalidad, y en vez de oírse la música celestial como unas horas antes, se escuchaban los gritos de Ramsus y su Padre.

—Es injusto padre, esa tradición de este reinado es solo un capricho que no logro entender.

—¡Insolente! Cómo te atreves a decir que los reglamentos de Islandia son caprichos. Eres muy joven para juzgar a tus ancestros, la ley se hace para obedecer.

—O para cambiarse si no está bien padre; algún día espero ser un rey digno y solo voy a ejercer las leyes si las considero correctas, no por viejas tradiciones, o leyendas.

—¡Como te atreves! Lo que sucedió en Islandia no fue una leyenda, fue una verdad que no solo dividió a dos reinos, sino que los sumió en una gran batalla y posterior pobreza por muchísimo tiempo.

—Sí, ya conozco la historia, pero ese fue un amor prohibido porque ella era casada y se enamoró de nuestro antiguo rey Simeón.

—Sí, y cuando su esposo el gran Heros se enteró de la traición se desquitó con nuestro pueblo. Todo era muerte y tristeza, solo se respiraba desesperanza, todo generado por amor, y desde ese día se juró por los dioses que solamente se podrían unir si eran de nuestro reino.

—Eso fue una desgracia y es una injusticia que esa norma se siga aplicando. Es más, podría ser beneficioso si dos reinados se unieran para el progreso mutuo.

—Bueno basta de esta conversación sin sentido…—le mira— ¿O es que hay algo que no me has contado?

Ramsus le mira y sin responder se retira.

—¡Ramsus, Ramsus, vuelve aquííí!

# CAPÍTULO III

## ALEXANDER

Alexander, siempre creció encerrado en el castillo junto a su padre, Bardar, es solitario. Muy diferente a su padre aun cuando siempre vivió bajo su doctrina y su odio. Muy por el contrario, tanto hablarle mal de Werthel le generó un interés especial por aquel reino tan despreciado por su propio pueblo.

Muy ágil y excelente luchador, luce más como un soñador que como un guerrero. Inteligente. Sagaz. Intrépido. Amante de las ciencias. Admirador de la magia... siempre desde niño en vez de jugar inventaba cosas, probaba materiales, se fijaba la resistencia, siempre buscando soluciones a los problemas. Así es Alexander, joven rubio y de ojos verdes que siempre recorre a pie los bosques de su reino, a veces pasa sus límites, para ser honestos...

O podríamos llamarlo también Kendall, pues fue robado en su cuna, la razón es que al ser el hijo primogénito, Bardar creyó que podría en algún momento reclamar la corona de Werthel, y al haber sido criado con sus oscuras enseñanzas, sería el boleto ganador para adueñarse de todo.

Kendall fue hechizado de bebé con un conjuro de identidad, para no ser descubierto por la magia blanca. Este hechizo no solo protege la identidad real, sino que también hace invisible una marca de nacimiento que posee, típica de la casta de Malcom VII, y que poseen todos sus hijos. Es una marca muy característica y reconocible entre los werthelianos. Es un símbolo y un jeroglífico extraño, cada hijo posee el mismo símbolo pero difieren los jeroglíficos. Este conjuro funciona en todo Athian.

Cierto día, Alexander estaba dando una de sus caminatas habituales por su bosque, cuando escucha silbar alegremente a alguien en el territorio vecino; espía un poco detrás de uno de los árboles frondosos que marcan los límites de Werthel y ve a una joven rubia cortando un fruto silvestre, quedando prendado de su belleza. Decide cruzar aunque le esté prohibido.

Fantasy primero se asusta por la proximidad del joven, pero en seguida comienzan a charlar. Todos los días se encontraban por la tarde, y caminaban mientras charlaban. Se volvió una costumbre, y ambos esperaban ese momento del día.

Por supuesto ni Alexander le contó a su padre, ni Fantasy a Morgan; es su secreto.

Los jóvenes se van enamorando a escondidas, sin darse cuenta que van acelerando el final de Athian.

# CAPÍTULO IV

# DASHA, LA JOVEN HECHICERA

Dasha, a la cual llamaban Fantasy desde pequeña porque le gustaba inventar historias fantásticas, era una joven rubia de larguísimos cabellos dorados y ojos claros, muy blanca y aparentemente frágil, un poco tímida quizás, pero sin duda poseía cualidades únicas. Merlín siempre decía que Fantasy encerraba la magia de todos los ancestros, y que el día que pudiese dominar su propio temor, y tener más confianza en sí misma, sería la más poderosa hechicera de todos los tiempos, ya que era hija de un mago maligno pero muy fuerte, y de un hada nórdica, quien poseía además de las virtudes propias de las hadas, el don de las visiones futuras y pasadas. El único miedo de Morgan era el camino que Fantasy tomaría cuando su desarrollo total hubiese concluido, al cumplir los dieciocho años, ya que su padre opto por la oscuridad.

Su madre, Trisha, la reina de las hadas nórdicas, la dejó de bebé en Werthel para evitar que su padre la utilizara para el mal, y un día el hada voló hacia otro mundo, quizás para que el padre jamás pudiera descubrir a su hija, pues la estaba buscando. Siempre Fantasy preguntaba por sus padres, y algún día no muy lejano, debería contarle la verdadera historia de su sangre mágica.

Fantasy está por cumplir 18 años, y ese día se producirá la ascensión. Quiere decir que ese día los hechiceros definen si su alma elegirá el Bien o el Mal. Y en este caso es una decisión que puede provocar consecuencias terribles.

Como es hija de un hechicero y un hada, ese día le corresponde, por derecho de nacimiento, recibir poderes adicionales de sus padres, los cuáles, sumados al poder actual y a los que recibe cuando asciende, la convertirán en la persona más poderosa del Universo.

Por esta razón Morgan está tan preocupado; la decisión de Fantasy va a hacer cambiar la vida de todos, elija lo que elija… y ya empezó a manifestarse la ascensión hace varios días, el Mal empezó a dar señales dentro de ella. Morgan teme lo peor porque si Bardar y Fantasy se unen, no existe fuerza que los pueda detener.

Alexander se enamora perdidamente de Fantasy, y como se encontraban todas la tardes en el bosque, no tardó mucho en enterarse Bardar. Furioso lo envía a una de las torres del castillo prisionero, para que no puedan verse más. Este muchacho ya empezaba a fastidiarlo en serio.

Fantasy estaba sumamente preocupada porque hacía varios días que no se encontraban ni sabía nada de su amado. Entonces decide contarle toda la verdad a Morgan, y recibir el castigo pertinente, pero necesitaba saber qué sucedió con Alex.

Morgan se asombra ante la confesión de la joven.

—¿Pero estas loca pequeña? ¿Cómo se te ocurre enamorarte del hijo de nuestro mayor enemigo? ¿No se te ocurrió pensar que tal vez sea una trampa? Veamos que está sucediendo con ese muchacho tan alocado como vos.

Hace un hechizo para saber dónde está y pueden ambos ver en el espejo mágico, que está encerrado pero tramando escaparse. Kendall decide irse de aquel castillo para siempre.

Fantasy acude en su ayuda y se encuentran casi en el límite que une ambos reinos. Huyen hacia Werthel.

# CAPÍTULO V

# LA LLEGADA A NUESTRO

# MUNDO

La llegada del hijo de Bardar a Werthel produce actitudes encontradas.

Ethan se opone a darle asilo político al hijo de un traidor, mientras que William decide apoyar al exiliado, le caía bien...

Malcom lo mira fijamente, seguramente tratando de llegar a la resolución adecuada.

Alex se arrodilla ante Malcom y le dice:

—Rey Malcom, tiene razón en pensar mal de mí, si cree que no merezco permanecer en vuestro reino, me iré de inmediato. Cumpliré sus órdenes.

—Joven Alexander, no es una fácil decisión, pero siempre creí que no se deben culpar inocentes por pecados de sangre. Confió en ti y te doy asilo en nuestro reino, desde ahora, también el tuyo.

Ethan no trata de disimular su gran enojo. Fantasy se alegra muchísimo, y Morgan no deja de mirar a aquel particular muchacho.

Cuando Bardar se entera del escape de su prisionero, decide adelantar sus planes de invasión y destrucción.

Se han unido las fuerzas oscuras para derrocar el reino de Werthel. Ginebra participa de esta alianza. En primer lugar, un hechizo de muerte y destrucción muy poderoso fue enviado a este reino de Luz, con el objetivo de arrasar con la dinastía entera y todo su Pueblo.

Pero gracias a la poderosísima magia de Fantasy, la hechicera y futura protectora de Werthel junto a Morgan, pudieron modificar este final atroz por otro destino totalmente distinto.

En el Palacio, en la Sala de Concilio, están reunidos Malcom, Morgan y Dasha.

Y mandan traer con un guardia, a los herederos reales, a Ethan y Alexander.

Cientos de soldados de Yersel, ataviados con sus ropas de guerra embisten contra el castillo, con catapultas de fuego, atacan directamente la torre del Palacio Real.

Bardar observa desde su castillo y esboza una mueca de alegría, y levanta su báculo mágico para incrementar el ataque y darle el punto final a este reino de Luz al que tanto odiaba.

En el mismo instante en que Bardar lanza su hechizo destructor mortal, un halo de luz resplandeciente surge desde la Sala de Concilio, es Dasha quien bloquea directamente el hechizo de Bardar con el suyo:

—¡Impertum Infinitum! —grita Dasha, y un viento provoca que los muebles de la sala comiencen a volar por los aires. Todas las personas en la sala comienzan a elevarse, inclusive Dasha, que continua con los brazos abiertos en alto. Aún emana luz de sus manos. Se escucha un gran estruendo y el techo de la sala se abre, la magia de Fantasy se dispara hacia ese lugar. La luz luminiscente cubre todo el castillo, lo envuelve totalmente. En el cielo se ven relámpagos, truenos, se oscurece el firmamento. Un gran temblor se apodera del palacio, que comienza a elevarse hacia el cielo y va directo hacia la apertura brillante que abrió la hechicera; el castillo pasa por esta abertura y luego se cierra.

La luz brillante continua unos minutos en el lugar donde estaba el castillo, y luego desaparece.

Bardar, furioso, eleva su báculo hacia el cielo maldiciendo una y otra vez.

Fantasy logró abrir un portal dimensional, y transportó a la familia real hacia otro mundo: que resulto ser la Tierra. Nuestro Mundo.

Una luz brillante de color azul, ahora cubre y protege el reino de Werthel ahora que el palacio real ya no se encuentra. Los soldados de Yersel son repelidos por esta fuerte barrera una y otra vez. Bardar ordena la retirada dándose cuenta de que es en vano luchar contra ese hechizo, es demasiado fuerte. De esta manera Werthel queda protegido por la magia, aunque también son prisioneros de ella; necesitan ser liberados.

Resultado de estos increíbles acontecimientos es que las vidas de estos Werthelianos deben adaptarse a un mundo extraño y nuevo, y a su vez luchar por volver al suyo y liberarlo del poder del mal.

Aun intentando convivir en este mundo, el rey no puede dejar a su pueblo, necesita volver y liberarlo, es por eso que Morgan y Fantasy intentan incansablemente hallar la forma de que el portal se abra nuevamente a su tierra, lo cual implica muchos cambios…, ayudar a su pueblo contra los represores es la idea fija del rey, y usará todos los elementos necesarios para lograrlo.

Claro que todo cambia para los Werthelianos viajeros, para los más jóvenes en especial…

Llegan a La Tierra y es un impacto terrible.

Son totalmente diferentes las culturas, los valores, la forma de ver la vida, de sentir, de pensar, otra idiosincrasia. Y ni hablar de la apariencia estética.

Es un cambio tan rotundo que no va a poder ser sostenido por mucho tiempo; tendrán que intentar interactuar para no resultar sospechosos, porque si llegan a ser descubiertos tienen mucho que perder, hay mucho en juego.

Morgan y Fantasy recurren al obvio pero siempre efectivo hechizo para borrar la memoria colectiva, porque ahora tenemos una majestuosa propiedad con aires renacentistas, el Castillo Dorado, que se levanta muy cerca de las casas normales… Pero borrar la memoria colectiva, es una garantía. Por suerte la magia todo lo puede…

Las primeras horas son solo para inspeccionar.

Mediante el hechizo de la realidad creciente reciben toda la información de este nuevo mundo. Por supuesto, los supera, porque es un conjuro de conocimiento extremo.

De esta forma Fantasy es quien recibe la sabiduría de las lenguas extranjeras, y transmite a los demás, pero como siempre hay palabras y formas nuevas propias del lugar, los llamados lunfardos. Ayuda a los demás a interactuar mediante una especie de reloj transmisor.

—Cuando no sepan algo, ya que existen muchas expresiones propias de esta ciudad, les diré el significado, pero denme algo de tiempo —repite incansablemente Fantasy. Pero a veces se les complica mucho con el idioma y las expresiones.

Los jóvenes quedan maravillados con la evolución y la tecnología, y es Kendall quien absorbe toda la información posible.

Por sugerencia del hada Madrina, quien por supuesto se la pasa mirando TV, les dice a los miembros reales y al paje real que asuman identidades y roles normales para no levantar sospechas. Según la edad, cada uno deberá desarrollar la actividad correspondiente.

Malcom sería empresario de bienes raíces antes los ojos de los demás, y se le adecuó una apariencia más bien clásica pero elegante.

En cuanto a las princesas, el rey decide ingresarlas a una rscuela para que estén a salvo mientras encuentran la forma de volver a su reino.

Había primaria y secundaria; las mayores debían cuidar a Faith de sus travesuras, pero un mundo totalmente diferente e inesperado se les presentó en aquel instituto privado.

Eternity School es una escuela que funciona con niveles primario y secundario. Alto target. Privada por supuesto. Es una escuela mixta, en donde existe la posibilidad de quedar internadas, por esta razón Malcom decide que sus princesas ingresen aquí, para que queden protegidas y aisladas.

Estéticamente muy pintoresco. Colores alegres. No son conservadores, sino por el contrario la pedagogía utilizada es innovadora., se pretende que los alumnos al egresar puedan tomar dominio de sus actos y sean responsables de sus decisiones. Así podrán crecer y concretar las metas que se propongan. La firmeza del carácter potencia la actitud frente a la vida.

Visten con uniformes en colores negro con vivos y toques en amarillo fuerte —la razón de estos colores es que se considera que esta unión es la que posee más fuerza—. Las niñas pollera, y ambos sexos remeras y blazer con distintivo de la institución.

Todos los hijos de famosos y poderosos concurren a este colegio. Tiene una gran reputación. Tienen mucha simpatía por el arte, ya que es la forma en que el hombre expresa sus sentimientos, por esta razón además de poseer música, baile y teatro, se les permite en las horas libres fomentar el hobbie artístico que les agrade. No es casual que muchos artistas conocidos hayan egresado de Eternity. Siempre a fin de año se hace una gala con puestas en escena de los alumnos, y compiten por un premio que cada año se va modificando. Se dice que este año el regalo será la grabación de un tema y su videoclip. Pero es solo una presunción.

Académicamente intachable y económicamente a veces inalcanzable, así es el nuevo hogar de nuestras adolescentes princesas.

Isabella se está mirando al espejo, como siempre.

Es una jovencita muy engreída y presumida, muy caprichosa, quiere que todos estén a sus pies. Es la reina del baile, la que tiene todo lo que quiere y nunca le alcanza, siempre quiere más.

Esta de novia con Nicholas, el chico más atlético, muy buen cuerpo, hace incluso propagandas, pero no es muy brillante que digamos...

Es rubia de cabellos ondulados hasta los hombros —no es rubia natural, pero a quien le importa—. Sus ojos siempre miran con desdén.

Es la líder del grupito más detestable, y ahora, como fue modelo de una revista teen, se cree la reencarnación de Cleopatra —por supuesto es el dinero de su madre quien le consiguió el contrato, que es tan presumida como ella—. Su padre es candidato a senador, y ambos están divorciados.

Llegan corriendo Helena y Malena, sus amigas inseparables.

—¿Te enteraste Isa?

—¿De qué? —las mira perpleja.

—¡¡¡Alumnas nuevas en Eternity!!! Son 3 hermanas, una irá a la primaria, pero a las mellizas ¡¡¡les toca nuestra división!!! Están como alteradas, dicen que viven en un Castillo...

Con este último dato sí que Isa exploto de ira. Que alguien fuera a tener más atención que ella era algo que no iba a permitir. Nadie sería más importante en Eternity que ella.

—¿Las pudieron ver? ¿Cómo son?

Negaron al unísono.

—Aún no llegaron, creo que esta tarde vienen…

Ya, sin conocerlas, Isabella les declaro la guerra.

Pero no nos desviemos de la historia central, porque Eternity School, eso es otra historia.

Morgan, Fantasy y el hada Madrina quedarían siempre en el palacio Real, como si fuera el centro de operaciones y desde ahí ayudaran a los demás a fingir ser normales, hasta descubrir la forma de volver.

Ethan siempre estuvo enamorado desde niño de lady Lisbeth, pero como su paje era un amor imposible. Ahora las cosas serían diferentes, la suerte jugaría a su favor en las nuevas tierras, siempre solía patear piedras y gambetear en los jardines reales, por eso cuando en la TV descubre el juego llamado fútbol, queda maravillado frente a la pantalla.

—Yo puedo hacer eso mejor que él —dice en voz alta mientras observa a un jugador de la selección Nacional hacer un jueguito y meter un gol.

Y eso que aún no sabe que su cuerpo se volverá más ágil, veloz y fuerte con el tiempo debido a la mutación genética sufrida por el traslado de los tiempos… eso lo podrán sentir unos meses después.

En cuanto a William, siempre fue amante de la velocidad, pero en Werthel solo podía vivirla con veloces corceles, así que al descubrir la adrenalina de los autos y motos, está decidido a ser corredor de autos y utiliza habitualmente una moto pistera cilindrada alta para moverse. Adoptó un look muy roquero, cabello largo, ropas llamativas. Es uno de los que más alucina con esta época. Le fascina nuestro planeta.

Pero como su padre no le permite correr porque no puede exponer su identidad, decide correr igual bajo una máscara y un seudónimo «El Enmascarado». Así empieza su carrera como piloto, empezando a sonar ese seudónimo en todos los circuitos locales.

Lo que nadie sabe es que la llegada de estos viajeros ha despertado otra magia que ha estado oculta por muchos años en nuestro planeta., una magia por siglos dormida, y que ahora despertará con la furia de un mar embravecido, ahora también la Tierra está en peligro, y tanto Werthel como la Tierra se hermanan en un destino de sangre.

Ethan y un reconocido Entrenador de Fútbol.

Ethan mira escondido un entrenamiento de fútbol, y cuando los jugadores terminan y se van, olvidan en un ángulo de la cancha, una pelota…, ingresa a la cancha, y agarra la pelota olvidada, imita lo que vio antes, coloca la pelota, toma carrera y patea al arco con una precisión y velocidad asombrosas. Lo observa por casualidad el entrenador, director técnico, lo mira bastante interesado en la performance de aquel extraño muchacho…

—Hola, ¿podés hacer otro gol así, como recién?

—Sí claro —responde naturalmente Ethan, y lo repite sin inmutarse varias veces y sin esfuerzos.

Martín lo mira de arriba abajo.

—¿Sos futbolista?

—No, pero me gusta mucho lo que hacen, es divertido.

—¿Así que no juegas en ningún equipo?

Ethan niega con la cabeza y Martín se acerca y le pasa el brazo por encima del hombro; se alejan caminando mientras le dice:

—Vamos, quiero que conozcas nuestro club. ¿Tu nombre es…?

—Ethan.

—Ethan ahora vas a conocer el mejor club de fútbol.

Y sin saberlo la mano derecha del rey estaba cambiando su destino.

Muy pronto se convierte en un futbolista estrella y se vuelve muy famoso.

Ahora sí podrá competir por el amor que en Werthel era imposible, el amor de la princesa tal vez dejaría de ser tan solo un sueño imposible-

proof

# CAPÍTULO VI

# DUNCAN ELIXIR FALE

# EL GUERRERO PERDIDO

En la torre de su castillo en Transilvania se lo puede ver siempre mirando un punto inexistente, al viento sus cabellos. Es como una visión fantasma. Elixir es un joven muy enigmático, sumamente apuesto, alto, cabellos largos siempre desordenados, un mechón siempre cayendo sobre su palidísimo y blanco semblante, es muy delgado, y como siempre viste de color negro, lo parece aún más. Viste un acopa sobre sus hombros, aparenta tener unos 38 años.

Muy callado, de mirada penetrante y desafiante, sus verdes ojos, como si intentaran ocultar el dolor que llevaba dentro… oculto tras una fría indiferencia por todo lo que lo rodea... Nunca podría amar dada su condición, y eso lo convirtió en alguien que nunca fue. Su coraza lo vuelve cínico y egoísta, frío y sin sentimientos. Déspota a veces. Su nombre es Duncan Elixir Fale.

Su destino es deambular por toda la eternidad, un destino sellado con sangre en un corazón que no puede volver a latir.

Elixir había estado en la época medieval, precisamente en esa época perdió su humanidad convirtiéndose en esta nueva forma de vida que odia con todo su corazón, y también conoció hace tiempo el reinado de Werthel.

Muy lejano ya, recuerda cómo era su vida antes de deambular eternamente; se recuerda como un joven soñador que desde niño quiso ser caballero para pelear contra la tiranía, y llegó a serlo, consiguió todos los honores en los frentes de batalla aun con corta edad, y por ayudar a una aldea que había sido atacada, lidió con estas extrañas criaturas arrebatándole el mismísimo príncipe de las Tinieblas su libertad para siempre. Lo había transformado el mismo conde Drexter porque en batalla vio que Elixir fue herido gravemente y su destino era morir, y creyó que una persona con tanto coraje, habilidades y destrezas no debería morir sino existir por siempre, y fue su deseo convertirlo para que fuese su hijo.

Fue así que al despertar en su nueva condición de vampiro vivía en el castillo de su mentor, pero nunca cumplió el legado porque, por su propia decisión, nunca bebió sangre humana. Tenía fuerza sobrenatural, velocidad e inmortalidad, pero los verdaderos poderes se desarrollan una vez que el rito concluye. El conde Drexter, heredero de una dinastía, quien lo convirtió, jamás le exigió concluir el rito, y por alguna extraña razón lo protegía siempre... lo convirtió en su heredero por una razón que está llegando.

Y así fue su cambio interior, que nunca más volvió a pelear por las creencias, por defender pueblos martirizados, nunca más volvió a ser Elixir, el gran guerrero y defensor de las causas justas, solo empezó a deambular sin rumbo por la vida, con el corazón destrozado y una gran sombra interior. No, tampoco se volvió un asesino, eso pasa en las películas, se es vampiro por ser eterno e indestructible, por la pérdida del alma, de la capacidad humana de envejecer, todo lo demás, como la sangre, es manejable.

Con 38 años se eternizo su cuerpo, pero su corazón ya está muy, muy cansado de no tener un destino final.

Percibe extrañas vibraciones, algo sobrenatural está sucediendo, hasta el cielo ya no es el mismo. Necesita saber que está sucediendo y por qué recibe estas extrañas ondas desde un lejano país. Debe abandonar la tranquilidad de su castillo y a su padre, quien seguramente no lo dejara solo en su viaje, pues tiene planes para él.

# CAPÍTULO VII

# LADY SIFT

Noche fascinante llena de adrenalina, la diseñadora más carismática e importante del Mundo, expondrá su última colección en un desfile extraordinario. Modelos esbeltas, nervios, luminotecnia, escenografía de avanzada, sonido tridimensional, todo al servicio de tecnología aplicada a la Moda, que es el concepto que Lady Sift utilizará para esta nueva colección que, sin lugar a dudas, dejará atónitos a todos los presentes, como de costumbre.

Alta, delgada, muy rubia, extremadamente bella, así es Lady Sift, cuyo nombre escapa de una diosa guerrera en la mitología nórdica.

Es una mujer misteriosa, sin pasado, que parece encerrar un gran secreto en el fondo de sus pupilas. Dura, incapaz de volver a amar. En su corazón oculta grandes tristezas, por eso se juró a si misma jamás volver a confiar en alguien.

Ya desde sus comienzos, sus diseños irrumpieron en la escena de la moda de una forma arrolladora, por ser diferentes, únicos, extravagantes si se quiere.

3... 2... 1... Lady Sift sale y la ovación desemboca en un aplauso infinito, el show debe comenzar.

Un nuevo espectador se suma al público y la observa detenidamente. Las extrañas vibraciones aumentan más y más. Ya nada volverá a ser igual para nuestro solitario Elixir.

Ya en su camarín, Sift se mira al espejo y su reflejo le devuelve otra imagen.

Cabellos igualmente dorados pero esta vez ondeados, muy largos y salvajes, ojos de un color verde indefinido, y unos labios rojos carmesí.

Visiones extrañas e imágenes perdidas perturban sus pensamientos.

Siente un deja vu que nunca había sentido, una melancolía absoluta se apodera de su cuerpo, solo piensa ahora en su pequeña hijita que se vio obligada a abandonar.

Ese día su vida terminó y empezó solo a subsistir. Su corazón nunca más volvió a amar, solo sintió siempre tristeza y dolor en su corazón, hasta ahora, que de pronto su cuerpo pide rebelión y se niega a la resignación.

## TRISHA Y ELIXIR. EL ENCUENTRO.

Lady Sift siente la extraña sensación, un tanto incómoda por cierto, de que alguien la observa en silencio, que la vigilan, y no es la primera vez que siente esta sensación.

Sift ingresa al garaje en busca de su auto deportivo, cuando siente unos pasos acercarse hacia ella, se da vuelta y no ve a nadie, pero sabe que alguien está ahí, se vuelve a dar la vuelta y sigue hacia su auto. Le salen al paso tres hombres con aspecto de delincuentes.

Sift ni se inmuta, los mira y les dice con voz sumamente tranquila pero enérgica y sin miedo:

—Salgan de mi camino. No se lo vuelvo a repetir.

Los delincuentes sonríen con sarcasmo.

—Y si no queremos ¿qué vas a hacer? —dice el jefe mientras la mira de arriba abajo.

Elixir está expectante para atacar a aquellos sujetos en cuanto intentaran algo contra la mujer.

—Les voy a hacer sufrir mucho si no se corren.

Entonces se abalanzan sobre ella, Elixir sale a defenderla pero queda parado observando cómo, en solo segundos, la bella joven derriba a los tres sujetos, vuelve entonces a su escondite original y sigue sus movimientos muy intrigado.

Sift esta por subir a su auto, y girando su cabeza, le habla al aire en alta voz:

—Sé que estás aquí, quienquiera que seas.

Pone primera en su veloz auto negro y desaparece.

Elixir queda parado mirando por donde ella se fue.

Es el primer humano en siglos, que logra conmoverlo. Algo emana de aquella joven que lo debilita y lo emociona.

Claro está que no hablamos de sentimientos eh... Pues Elixir ya tiene en claro que jamás amará a nadie.

Tras el fallido primer intento de acercamiento con Sift, Elixir decide ir directamente a hablar con ella a su atelier.

Ingresa y pregunta por Lady Sift. Jessi, la secretaria, lo mira con mezcla de sorpresa y asombro.

Sorpresa por la estética medieval del hombre, y asombro porque es la primera vez que un hombre pregunta por ella. Toda una hazaña.

—¿Quién la busca, y cuál es el motivo Sr....?

—Elixir, y necesito hablar con ella por temas de negocios.

—Muy bien, un minuto por favor.

Y se retira velozmente hacia el despacho de Sift, entra como una tromba, tan alterada y excitada que la desconcierta.

—¿Qué te pasa Jessi? ¿Estás loca?

—Te buscan...

Por toda respuesta Sift la mira directo a los ojos con mirada penetrante.

—Un hombre... muy extraño, por negocios. Elixir o algo así me dijo.

Sift se levanta lentamente y muy extrañada, cosas así nunca le suceden... ¿Un extraño buscándola? ¿Negocios? Mmmmm.

Elixir está de espaldas, cuando escucha que se acerca gira rápidamente, y sus cabellos caen sobre su rostro muy seductoramente, y sus ojos brillan más que de costumbre… Sift al verlo parpadea, pero se recompone en seguida.

—Me dijeron que me busca —le habla mientras se acerca y le extiende la mano. Elixir toma su mano, pero en vez de estrecharla se la besa, sorprendiendo aún más a la joven.

—Exacto, mi nombre es Elixir.

—Supongo que no querrá hablar de moda —lo mira un tanto sarcásticamente— pues su look es un tanto…

Elixir la corta.

—Un tanto clásico, sí. Siempre me lo dicen…

—En realidad iba a decir, un loor tipo Van Helsing —y le sonríe. También sonríe él, y deja ver una sonrisa perfecta.

—No es de moda de lo que quiero hablar, sino de algo extraño que está sucediendo —se torna oscuro y frío al hablar y Sift se da cuenta de que está hablando de lo que ella misma está sintiendo.

—Por favor pasemos a mi oficina y estaremos con más privacidad.

Se sientan y Elixir le pregunta directamente y sin ningún tipo de preámbulos:

—Vengo de muy lejos porque una extraña energía me trajo hasta aquí, hasta vos, justamente —la tutea por primera vez y ella hace lo mismo—. Quiero saber por qué.

Sift no sabe bien cómo reaccionar, pues ni ella entiende que estaba pasándole, y quién era este tipo, cómo sabe, cómo puede sentirlo también… ¿por qué?

—No sé muy bien de qué me hablas —lo mira fijamente— vos sos el hombre que estaba en el garaje ¿verdad?

Él asiente con la cabeza en silencio.

—No sé quién sos, a qué te dedicas, ¿por qué sentís algo extraño? ¿Quién sos realmente?

—Ambos sabemos que algo raro está sucediendo, vengo desde Transilvania y llego acá siguiendo una energía que no logro definir. Tenés que saber qué está pasando Sift, no me mientas por favor.

Sift detecta un tono un tanto melancólico en aquel apuesto joven y la conmueve.

—Mira Elixir, te juro que yo todavía no entiendo tampoco lo que sucede, yo también recibo vibraciones y visiones extrañas, pero comenzaron hace poco, aún no se nada.

Él la cree, ve sinceridad y hasta angustia en la chica; se para mientras le da un papel.

—Aquí está mi teléfono, por favor llámame en cuanto descubras algo, estaré por un tiempo por estas tierras aún.

—Hasta luego mi lady.

—Hasta luego… prometo llamarte si descubro algo más.

Sift vuelve a su escritorio y su mirada se pierde en el espacio.

Elixir siente mucha tristeza… esa horrible sensación de haber encontrado un gran tesoro, pero que jamás podrá ser tuyo.

proof

# CAPÍTULO VIII

# TRISHA SE REENCUENTRA

# CON MALCOM

Las visiones son cada vez más frecuentes, casi permanentes. Algunos días despierta de noche transpirada, hasta que una noche empeora notablemente; comienza a volar de fiebre, se mezclan visiones de su amado Werthel en el pasado, y de una guerra inminente.

Al día siguiente, su cuerpo está invadido por una energía superior tan fuerte, que no puede resistir y va en su busca, necesita saber que está pasando, y se deja llevar por sus visiones.

Llega al lugar de sus sueños, o de sus pesadillas...

Llega a una fortaleza extraña, en medio de la ciudad se levanta una mansión con aires de nobleza.

Sabe que ese es el lugar, pues la energía se acentúa más y más.

Tiene que encontrar la respuesta. Y de hallar lo que busca le dirá después a Elixir lo que está sucediendo. A ese forastero, raro y todo, lo considera de confianza.

Golpea la puerta sin saber que su vida cambiará para siempre.

Fantasy, quien jamás está en la sala, justamente ese día estaba allí, y es quien abre la puerta.

Cuando se ven algo extraño sienten ambas; Trisha se desmaya en medio del salón.

Morgan y Malcom aparecen rápidamente, Malcom la levanta en brazos y la recuesta en un sillón.

Morgan se arrodilla junto a ella, le toma las manos, y lágrimas resbalan por su arrugado rostro.

Fantasy al ver esto, le pregunta a Malcom

—¿Quién es ella mi rey? Merlín la quiere mucho parece.

Por toda respuesta, Malcom le acaricia sus largos cabellos.

# CAPÍTULO IX

# FANTASY CONOCE LA VERDAD

Trisha despierta y su semblante irradia alegría al ver el rostro de su querido Merlín, lo abraza fuertemente. Después distingue al rey Malcom, se levanta y se dirige a él.

—Querido rey, tantos años… —se abrazan emocionados.

Trisha sentía mucha admiración y agradecimientos por aquel par de hombres que la ayudaron sin medir consecuencias.

Sentada en otro sillón está Fantasy, no necesita que le digan quien es esa doncella tan hermosa… Se le acerca, la levanta y la abraza tan fuerte que Fantasy se asustó.

Se separa un poco y Trisha la observa de arriba abajo con alegría infinita.

—Eres tan hermosa, tan bella…agradezco a Dios este momento.

—Pero ¿quién eres?

Y Morgan interviene, ya era hora de que se terminen algunos secretos.

—Ella es tu mamá Fantasy… Su nombre es Trisha.

Los ojos de Fantasy se abrieron desmesuradamente, su corazón latía a mil por hora, siempre quiso conocer a su mamá, siempre preguntaba y evadían las respuestas.

Le contaron la verdad, por que debió dejarla en Werthel y huir a otra tierra, los ojos de ambas no cesaban de llorar.

Después de unos minutos de emoción y reencuentro, Morgan le dice que se acerca una guerra infernal, el Bien contra el Mal, y ellos no están a la altura para enfrentar una guerra así. Sin aliados, sus poderes son limitados. Le cuenta que las fuerzas oscuras hacía tiempo estaban formando un gran ejército, hasta los no vivientes serían parte de ese ejército.

—No podemos darnos por vencidos sin intentarlo Morgan, tú eres un hechicero increíble, yo tengo un gran poder, ahora se reactivaron, Fantasy —la mira— es muy poderosa también, lo siento, y tenemos otro aliado también... Lo buscaré y lo traeré, necesitamos estar unidos en esta guerra, Malcom, siempre fuiste un gran estratega y guerrero, no podemos dejar que la desolación nos venza.

—De acuerdo, mañana trae a tu amigo y veremos con que contamos.

Ese día, nadie durmió, y madre e hija hablaron toda la noche sin parar.

# CAPÍTULO X

# RAMSUS CRUZA EL PORTAL EN

# BUSCA DE MARIAN

Cuando llega a los oídos de Ramsus el triste destino de la familia real Wertheliana, decide ir a ayudar. Siempre su vida fue aburrida y nunca le importó nada, pero saber que la joven lady Marian estaba en peligro le hacía daño.

Le contó su idea su padre, y desencadenó otra batalla, como de costumbre.

—¿¿¿Pero te volviste loco Ramsus??? No solamente que no podés unirte a una mujer que no es de tu reino, sino que encima está en otro planeta. ¿Puede ser esto posible? Vas a conseguir que me muera de los disgustos.

Cae en su trono agarrándose la cabeza. La Reina lo intenta contener.

Ramsus se acerca y le toma la mano arrodillándose, le guiña el ojo a su Madre.

—Perdón padre por desobedecerte siempre, pero creo que esta es la oportunidad de ayudar y de utilizar todo el entrenamiento que durante años me brindaste. Te prometo que cuando llegue el día, seré un rey tan bueno como vos.

Siempre conseguía ablandar su corazón aquel joven.

—Vas a necesitar ayuda del hechicero Merlín, quien reside en las grutas mágicas.

proof

# CAPÍTULO XI

# SE APROXIMA LA BATALLA

Bardar se reunió hacía tiempo con el conde Drexter, él y su hijo serían aliados fundamentales para ganar esta gran batalla, ya lo habían conversado entre ellos tiempo atrás, cuando Drexter le contó de lo que acontecería: la batalla final por la Luz o la Oscuridad. Si lograban ganar esta batalla serían invencibles, por eso también necesita a su hijo Elixir en esta cruzada, no tiene ni idea del poder que guarda en su corazón aquel solitario héroe medieval. Desde aquel día están sumando todas las fuerzas negras. La victoria es inminente.

Morgan luce extremadamente preocupado, tiene la vista fija en el firmamento, tan concentrado que no ve a su rey Malcom acercarse. Por eso cuando le habla se sobresalta.

—Querido Morgan —lo abraza cariñosamente— ¿qué te sucede que estas tan silencioso?

Los ojos claros de aquel viejito sabio parpadearon inquietos, no sabía si hablar o no con su rey.

Malcom, que lo conocía, le pregunta mirándole cara a cara:

—¿Sucede algo malo que no estás diciendo?

Y el Mago asiente con su cabeza.

—No solo se trata de una batalla más para ganar o perder un Imperio. Ahora estamos lidiando con la Gran Batalla que anticipan los grandes libros en sus profecías. El Bien y el Mal se disputan el trono, y ahora todos nosotros solo seremos peones dentro de un gran juego de ajedrez. Bardar lo sabía y ha estado organizando su ejército de oscuridad. Se ha aliado con las fuerzas más poderosas para asegurarse la victoria y reinar. Incluso a las fuerzas de los no vivientes ha convocado.

—Y nosotros no estamos a la altura de una batalla así…—más que preguntar Malcom lo afirma mientras piensa se da vuelta—. Pues entonces tenemos que formar nuestro propio ejército para ganar. Busquemos aliados también poderosos —mira a Morgan y lo toma por los brazos— ¿Podemos hacerlo verdad?

Golpean la puerta, son Trisha y Elixir.

Cuando Merlín lo ve le grita a Trisha.

—¿Pero cómo traes justo a este sujeto? ¿Acaso no sabes que su padre es el rey de la oscuridad?

—¡Es su padre uno de los aliados en esta guerra que se avecina, junto a su hijo que es él! ¿De dónde lo conoces?

Elixir mira asombrado a aquel personaje salido de un libro de cuentos y Trisha mira a ambos azorada.

—¿Mi Padre dice? No sé de qué está hablando, yo no tengo nada que ver con un pacto, me acerqué a Sift porque sentí extrañas energías, y ella sentía lo mismo.

—¿Sift? —preguntaron los demás a coro. Ella les dice:

—Después les explico, es parte de mi vida en esta tierra. Es cierto lo que Elixir les dice.

Malcom lo mira y ve sinceridad en su mirada.

—Si realmente no estas aliado con tu Padre en el plan de acabar con las fuerzas del Bien, se supone que estas con nosotros… ¿verdad? —Elixir parpadea y asiente en silencio.

Comienzan de esta manera a armar su propio ejército, llamada la Legión de los Ángeles, según la Profecía.

Elixir le dice a Morgan que necesita aumentar su poder bebiendo sangre, si lo hace su poder sería potenciado de una manera increíble, se volvería casi invencible. Morgan entonces le dice que tome de su propia sangre, para que el poder aún sea mayor porque en la sangre viajaría la magia ancestral.

Trisha y Elixir se tornan inseparables, nunca se dicen nada, pero se miran todo el tiempo cuando el otro no los ve. Un romance casi infantil.

Cierto día, Lady Sift, le obsequia a Elixir un crucifijo antiguo, una reliquia.

—Usa esta cruz para que estés protegido en todo momento.

Él se la arrebata con violencia y la arroja lejos.

—Tu Dios no me quiere Sift, ¿no te das cuenta de que estoy destinado a deambular en la oscuridad por el resto de la eternidad?

Y se va un tanto crispado, con su rostro ensombrecido por la tristeza y la frustración de tener una vida destinada al dolor y a la soledad... y con tanta mala suerte que encima la cruza a Fantasy.

—Hola —dice ella con un tono de desdén—, es verdad lo que se dice... ¿que vos estás enamorado de mi madre?

Lo que le faltaba a Elixir ese día... reaccionó tan brutalmente que sorprendió a Fantasy.

—No te equivoques niña, yo no puedo permitirme enamorarme de nadie, y mucho menos de tu Madre.

—Pero podrías pensar en convertir... —y cortó sin terminar la frase.

—Jamás haría eso aunque muriera de amor —su voz sonaba desgarradora—. No tenés idea de lo que significa vagar eternamente, ver a la gente que amas envejecer y morir, y saber que uno siempre va a seguir por los siglos de los siglos. Nunca le haría eso a otra persona. ¡Nunca! ¿Te quedo claro?

Se va mientras sus ojos parecían llorar... pero seguro era solo una impresión.

Fantasy lo ve irse y entonces se da cuenta de que aquel extraño personaje realmente amaba a su madre, y se conmovió por el dolor de que fuese inmortal, pues amores así deberían concretarse. Y su madre merecía vivir una historia de amor después de tanta resignación y sufrimiento.

## CÓMO REGRESAR A WERTHEL

¡Por fin el Gran Libro dejó ver sus profecías! Merlín logró descifrar ese secreto.

Los hijos del rey son los elegidos por casta para cambiar el rumbo de los tiempos.

Morgan descubre que las marcas de nacimiento de los hijos de Malcom no son por simple azar, son en realidad símbolos que deben ser unidos, y juntos pueden activar los portales del tiempo en cualquier momento. Son los 4 elementos: fuego, tierra, aire y agua, y el moderador, cada elemento acompaña al símbolo de la triqueta[1] y a la W de la dinastía Werthel. Cada uno de los herederos, entonces, posee en su marca de nacimiento dicha triqueta y W, en comunión con su elemento asignado.

## KENDALL: POSEE LA CRUZ CELTA, ES EL MODE-RADOR, POR ESO SERA EL REY.

(PIE DE FOTO) La cruz celta guarda una estrecha relación con la cruz solar así como con el profundo significado del símbolo de la cruz en todas las culturas. Representan sus extremos los cuatro puntos cardinales, pero también los cuatro elementos, tierra, agua, aire y fuego. Pero los extremos de esta cruz, también están ligados al paso del tiempo, a los ciclos estacionales y a la conexión entre este mundo y otro mundo por ello es un símbolo de protección.

---

1        El **símbolo de la triqueta** es uno de los más importantes dentro de la cultura tradicional celta y el diseño, con forma de hélice y un anillo, se representa la unión y el círculo de la vida, a saber nacimiento, muerte y renacimiento. Este talismán celta también representa la eternidad, y dentro del mundo de la **magia y los rituales**, la invisibilidad.

WILLIAMS: ELEMENTO TIERRA.

MARIAN: ELEMENTO AGUA

LISBETH: ELEMENTO FUEGO

FAITH: ELEMENTO AIRE

ESTE ES EL SIMBOLO DE WERTHEL CON UNO DE
LOS ELEMENTOS, EN ESTE CASO EL FUEGO, EL

## SIMBOLO DE LISBETH.

El gran problema es que uno de esos símbolos al pertenecer a Kendall (el Moderador y futuro rey), entonces no se podría activar jamás, y quedarían imposibilitados para volver a Werthel.

Los ancestros, para evitar invasiones de otros mundos, idearon este sistema de jeroglíficos para que solamente puedan ingresar a este reino los herederos reales, así se evitarían ataques.

De esta forma, se puede salir de Werthel mediante ciencia o magia, pero nunca ingresar sin los 5 elementos.

Cierto día, Fantasy escucha una conversación entre su madre y Morgan:

¿No existe ninguna posibilidad de revertir la conversión de un vampiro? ¿Volver a hacerlo mortal?

Morgan la mira sorprendido.

—Parece que te enamoraste de él ¿eh? —ella asiente con la cabeza— No hay precedente, pero el Gran Libro menciona la posibilidad de que un corazón mortal vampirizado vuelva a latir si es convertido por alguien que en su cuerpo posea el bien y el mal, en ese instante que convergen las dos oposiciones, sería la única fuerza capaz de revertir un destino de inmortalidad. Pero es un mito solamente Lady Sift, voy a investigar más ¡te lo prometo!

Fantasy, para que no la vean, se esconde y se va.

Cierto día, Alexander, en silencio, intenta inventar una armadura para Elixir, para que no puedan dañarlo las estacas ni las balas de plata, sus únicas debilidades para ser destruido, y Morgan se acerca para ver los avances de aquel joven que realmente era muy inteligente.

Se engancha el brazo con un filo, y le sangra. Morgan se apresura a ayudarlo, y al sacarle la camisa ve con ojos fuera de órbita aquella marca de nacimiento que solamente podría pertenecer a … Kendall.

Lo mira horrorizado; Alexander —o Kendall— se da cuenta de su mirada, y con temor le dice:

—Perdón por no decirle de esta marca, cuando llegué a esta Tierra salió de repente y me dio miedo contarles, seguramente se trate de una maldición de mi padre. Pero no deseo abandonarlos, quiero quedarme con ustedes, siento que este es mi hogar, por favor ayúdeme, no les cuente a los demás —sus ojos desprenden lagrimas que conmueven al anciano.

Morgan se le acerca y lo abraza como si fuera su propio hijo. Ahí estaba el verdadero heredero de la corona, el primogénito.

—Hijo mío, tu corazón es muy sabio, siente que este es tu hogar, porque lo es realmente. Bienvenido a casa.

Kendall lo mira sin entender.

Cuando les contara al rey y a los hermanos no lo podrían creer... El destino volvía a barajar y dar de nuevo.

proof

# CAPÍTULO XII

# ELIXIR VS. DREXTER

Elixir camina por una solitaria calle. Sabe que su Padre lo sigue. Es uno de los sentidos agudizados que tienen los Vampiros.

—Hola Padre, estas muy lejos de casa.

—Hola hijo, he venido para cuidarte y ahora necesito que hablemos de algo muy importante.

Se le hiela la sangre a Elixir. ¿Sería verdad lo que decían los Werthelianos? ¿Sería su Padre parte de la Oscuridad y no solo una víctima más como lo fue él mismo en su momento?

Elixir lo mira fríamente directamente a los ojos.

—Te escucho Padre, debe ser muy importante para que vengas hasta acá.

El Padre señala un barcito, y se sientas ambos en un rincón del añejo lugar.

—Elixir, te crié como a un hijo, lo sabes, y sos todo lo que tengo, puse todas mis esperanzas en vos.

—¿Esperanzas? No entiendo.

—Sabes que siempre fuimos rechazados por Dios, fuimos marginados del Cielo y su compasión por nuestra condición. Pero entonces nos abrieron la puerta de otro Reino, el de la Oscuridad, nos recibieron, nos dieron ayuda.

Elixir le corta.

—No Padre, yo no estoy bajo el Reino de Oscuridad que decís, si Dios no me recibe seré huérfano, pero jamás haré un alianza con el Diablo.

Drexter se ríe a carcajadas.

—Pero por favor, ¿el Diablo?. Eso es un cuento de niños, Dios y el Diablo… Cielo o Infierno… Vos nunca pertenecerás a los buenos, solo sos un demonio más, igual a todos nosotros— y suelta otra carcajada que a Elixir le sonó esta vez diabólica e irritante.

Se levanta estrepitosamente Elixir dejando caer la silla.

—¡¡¡Noooooo!!! ¡¡¡No soy un Demonio!!! Y si me rechaza el Cielo quedaré en el medio, pero jamás podrán contar conmigo. Pensé que me habías salvado, pero ahora veo que todo era un maldito plan.

Elixir sale de aquel lugar sin rumbo. Ahora tampoco tenía un hogar.

Drexter sigue sentado, y parece preocupado…, no esperaba aquella reacción. Subestimó realmente a aquel muchacho rebelde.

# CAPÍTULO XIII

# ÁNGEL O DEMONIO

Elixir camino mucho tiempo hasta llegar a un lugar muy desolado, cerca de las montañas. En la cima de una de ellas, y al viento sus cabellos, vestimentas y también sus pensamientos, se encuentran tratando de encontrar su propio Destino, si es que lo tiene.

Se arrodilla y mirando al Cielo, cosa que ya muchos siglos no hacía, intenta hablar con Dios.

—Dios mío, si aún, pese a mi condición, crees que puedo tener tu perdón, y tu misericordia te pido que me ayudes. Yo no pedí ser convertido en esta criatura, pero ahora no lo puedo evitar. Te pido, si no podés perdonarme, que al menos hagamos una tregua y me ayudes a combatir en esta guerra que se avecina. Se están juntando los demonios y creo que solamente con magia no podremos salvarnos, necesitamos del Poder de la Luz... queda poco tiempo.

Aparece surcando en el Cielo, y en forma muy veloz, una gárgola; da unas vueltas alrededor de Elixir y desciende transformándose en una bellísimo ángel, cuyas alas luminiscentes ejercen un gran poder de atracción.

Se acerca Elixir, quien lo contempla azorado y, como aún continua arrodillado, le toma la mano para ayudarlo a levantarse.

Los ojos profundamente celestes de aquel ángel parecen sonreír cuando hablan.

—Me ha enviado mi Padre, en respuesta a tu pedido. Quiere que sepas que las puertas de su Reino también se abrirán para ti llegado el momento, pero falta mucho para eso todavía, tienes muchas victorias que ganar y mucho por vivir aun —le sonríe como un niño—. Lograste captar su atención y ahora serás su mejor soldado en esta gran batalla que inicia. Yo seré tu mensajero, cuando necesites nuestra ayuda solo susurra mi nombre... Gabriel, y apareceré con el Ejército Celestial.

Se desvanece rápidamente, y Elixir siente como si hubiese sido un sueño, pero no lo fue.

Y siente en su corazón un renacer, un propósito, un Destino.

# CAPÍTULO XIV

# LA BATALLA FINAL

No es un día más, es un día en el cual se definirá el Destino de la Humanidad, el Bien contra el Mal, Luz u Oscuridad. Épico. Trágico.

Desde hacía más de un día que Elixir no aparecía; Morgan nunca confió en ese vampiro, seguramente estaría haciendo planes con su Padre. Estaba sumamente preocupado, la fuerza de la oscuridad no podría ser combatida solo con magia, aunque ellos fueran muy fuertes, era una pelea desigual.

La gran Batalla se llevará a cabo en la Tierra, mas la Legión de los Ángeles necesita de Werthel para evitar una destrucción.

Tienen un Plan que podría darles al menos una derrota más digna.

Los herederos aún no están en posición para llevar a cabo la profecía del regreso, necesitan abrir el portal para convertir a Werthel en el Campo de Batalla, y no la Tierra. Así tendrían toda la magia de su reino y aliados para combatir. Están todos con excepción de William, que aún no llega…

Está por cumplirse la hora neutra, como se denomina el horario en el cual se iniciará la Batalla Final.

En Werthel están en posición. Telsea dominará las aguas; los dragones sagrados, controlaran los Cielos; y los aliados de la luz de Athian reunieron un ejército terrestre.

La magia envuelve todo el reino; se juntaron todos los poderes y diferentes castas de magos, hadas, hechiceros y hasta los recién iniciados.

Esperan que resulte el plan de Morgan, que el portal se abra dando paso a la Batalla en esta fantástica Tierra, de no suceder así, estaban perdidos.

Están en La Tierra. Diez minutos para la Hora Neutra.

La desesperación de Merlín se hace evidente en su semblante crispado, "¿dónde estaba el príncipe? —se pregunta—. Solamente abriendo el portal tendrían alguna posibilidad; y aquel muchacho irresponsable no aparece.

Cinco minutos faltan, las fuerzas de la Oscuridad llegan al lugar pactado. Formaron un gran ejército en cuya cabeza están Bardar y el conde Drexter.

Bardar observa con curiosidad las pocas personas que lograron juntar.

Se acerca a toda velocidad, en su moto, el príncipe William, justo a tiempo para celebrar el ritual.

El portal se abre y un gran remolino envuelve a todos pasándolos al reino de Werthel e iniciándose la lucha.

Trisha le dice a Morgan si por favor puede dejar el portal abierto un poco más tiempo. Morgan la mira y asiente con su cabeza, y levanta su bastón mágico invocando un viejo conjuro, dejando las puertas cósmicas abiertas.

Unos minutos después Elixir llega al lugar de encuentro en la Tierra y solo ve el portal, sin dudarlo salta traspasándolo, y, ya en Werthel, aparece de inmediato Pegasus, quien vino a buscarlo para llevarlo al lugar del combate.

Werthelianos pelean con el corazón, con coraje y la magia es tan poderosa que logran hacer frente a tanta oscuridad; pero Morgan sabe que no resistirán demasiado.

De pronto ven cruzar en el cielo al noble corcel alado, con Elixir, y muchos empiezan a creer que las profecías eran reales.

Cuando baja del corcel, se enfrenta con Drexter.

—Llegaste justo a tiempo para ver la destrucción total y el triunfo de la oscuridad.

—Yo no estaría tan seguro…— y saca su espada clavándola en el suelo cual Excálibur, mientras susurra—. Yo te invoco Gabriel.

Describir lo que sucedió es difícil porque no existen las palabras. Los cielos se abrieron y la luz fue tan intensa y brillante como nunca.

Jamás se vieron tantos ángeles; el Ejército entero fue enviado para ayudarlos, y tan solo en minutos vencieron a la Oscuridad.

Nadie podría creer lo que sucedía, Elixir no era tan solo un vampiro, sin tener corazón, latía en él una llama mucho más fuerte, la de la Justicia, a pesar de su propia destrucción.

Elixir y Gabriel se saludan, dos grandes Guerreros de la Luz.

Morgan miraba de lejos a Elixir, era ese hombre el famoso héroe del cual hablaban sus grandes libros, y él unos minutos antes lo estaba maldiciendo. ¿Cómo se puede equivocar una persona juzgando a otra? ¿Cuánto daño se puede provocar injustamente? Y se dio cuenta de lo mucho que le faltaba aprender aún.

Es el día de la Batalla Final. Y también el día en que se hace la gran carrera, a la cual esperaba con todas las fuerzas de su corazón. Mismo día, misma hora. Típico.

William está en el circuito, quería al menos disfrutar del lugar donde los campeones se consagran. Esta en un rincón, subido a su moto, observando todo con una suave melancolía.

Thomas Borne, ya cambiado para la carrera y con el casco en la mano, lo ve, y al ver que se está retirando se acerca corriendo.

William al verlo le grita de lejos.

—Mucha suerte. Ojalá ganes vos, sos un gran corredor.

—¿No vas a correr? —le pregunta sorprendido.

—No puedo, tengo que cumplir con algo mucho más grande que mi propia pasión, ya tendremos tiempo para cruzarnos en el circuito, pero hoy será tu gran día —y se aleja.

Thomas queda parado y desconcertado; escucha que están llamando a los corredores y se acerca a su auto. Sube, pero en lugar de ir a su posición decide seguir a William. Para que abandone la carrera debía existir un gran motivo.

William maneja rumbo al punto de encuentro cuando su moto empieza a andar mal hasta no andar directamente.

El rostro del joven príncipe empieza a desencajarse cuando de pronto se detiene a su lado un auto de carrera con Thomas al volante.

—Parece que necesitas un chofer enmascarado. Sube que te llevo.

William asiente y mientras se sienta le pregunta:

—¿Por qué abandonaste la carrera?

—Porque a ellos obviamente les ganaba, mi interés era ganarte a vos.

William sonríe. Le empezaba a caer bien aquel extraño personaje. Llegaron en solo minutos al punto de encuentro.

# CAPÍTULO XV

# CUMPLEAÑOS 18 DE FANTASY

Con la batalla perdida, solo le queda a Bardar su hija para intentar pensar en reinar.

Es el cumpleaños número 18 de Fantasy y su alma ascenderá a la medianoche buscando su destino. El rito se efectuará en la cima de la montaña Dorada, donde los vientos convergen y las águilas no se atreven a volar por la energía que emana.

Morgan acompaña a la joven hechicera en el momento clave y más decisivo de toda su vida.

Bardar va en busca de su primogénita para que su parte malvada reaccione y gane en el momento de ascender. Juntos será la fuerza oscura jamás conocida.

Trisha también va en ayuda de su hija, su parte bondadosa tal vez se conecte y la reconozca a ella logrando que Faith ascienda hacia la luz.

Elixir también acude para proteger a Fantasy y a Sift de la maldad de Bardar. Daría su vida sin pensarlo por la madre y por su hija, su vida al menos habría tenido algún sentido, morir por amor sería morir por una causa que vale la pena.

Está por llegar la hora indicada en la cual la vida de la joven hechicera dará un vuelco. Morgan inicia su propio ritual invocando las fuerzas divinas; convoca todas las entidades de luz. Bardar hace lo mismo con las fuerzas de la oscuridad. El lugar se llena de fuerzas opuestas. Está por empezar el Principio del Fin.

Fantasy experimenta las transformaciones previas a su ascensión, reacciones diferentes, sentimientos encontrados, sensaciones extrañas…, ya no se siente ella misma, algo extraño emana de su interior y se apodera de su cuerpo y de su alma. Siente un fuego en su interior que se apodera de sus pensamientos y va cambiando su forma de sentir hacia los demás.

Casi las 0:00 horas comienza la ascensión; el cielo se oscurece, el mar se agita vertiginosamente, el viento sopla más y más arrasando todo a su paso.

Los ojos de Fantasy pasan del celeste habitual a un color rojo. Bardar la ve y su satisfacción aflora. Se le acerca rápidamente.

—Al fin se cumple la profecía de nuestros ancestros. Serás de mi estirpe y juntos gobernaremos este mundo y todos los demás. Estarán todos a nuestros pies. Serás tan poderosa como yo. Somos iguales hija mía.

La ascensión cumple su misión y los dioses lloran por la decisión del alma.

—No somos iguales Padre, yo soy Mejor. —Y tomándole la mano se apodera de la magia de su padre y la de Trisha produciéndose en el cielo una tormenta plena de rayos y centellas.

Por derecho hereditario recibe la mitad del Poder de cada uno de sus padres. Se convierte entonces en la joven hechicera más poderosa de todos los tiempos. Ahora, siendo la más poderosa puede tomar a su vez los poderes de los demás hechiceros para utilizarlos, así es que toma los de Morgan también.

Exclama al cielo con los ojos en llamas.

—Por el poder que me fue concedido y en el día de mi ascensión, pido que toda mi magia convierta un corazón inmortal haciéndolo latir nuevamente.

Y apunta con sus dos manos tirándole toda la magia concentrada a Elixir, quien es arrojado violentamente.

A Elixir, una vez que es mortal, Bardar le dispara al pecho, y cae de rodillas.

Sift lo socorre llorando, y dice en voz alta que es su culpa que muriera por ayudarlo a hacerlo mortal.

Llora desconsoladamente, y de pronto Elixir comienza a moverse y abre los ojos.

Sift abre su camisa y mira su pecho.

La bala rebotó en el crucifijo que ella le había regalado tiempo atrás y él habría tirado.

—Parece que tu Dios al fin decidió darme una oportunidad.

Bardar, preso de un odio desmesurado al verlo vivo aún, intenta agarrar una espada, Ethan lo ve y patea la pelota. Martín, hace tu magia, le grita cabeceando la pelota y arrojándola contra Bardar, quedando fuera de juego.

# CAPÍTULO XVI

# EL RETORNO

# EL DESTINO DE LOS

# HEREDEROS REALES

Ambos mundos están a salvo. Al menos por ahora corren vientos de libertad.

Todo vuelve a su orden natural y como todo llega a su final, también la travesía de estos viajeros.

Aún permanecen en el Castillo Dorado, la última reunión en esta Tierra Nueva que tantas satisfacciones les dio.

Como si fueran caballeros de la Mesa Redonda, están todos sentados y algunas de las caras, irónicamente, realmente no se ven nada felices.

Malcom, quien por supuesto preside la mesa, se levanta para hablarles.

—Querida familia, el destino ha sido muy noble con nosotros y nos ha dado la gran ventura de poder retornar a nuestra amada tierra. Werthel nos añora como lo hacemos nosotros, el momento de partir ha llegado. No pertenecemos a este mundo, si bien posee particularidades que lo vuelven muy atrayente, aunque reconozco sus virtudes y personas valiosas, también sé que nuestro destino está muy lejos. Ustedes, amados hijos, tienen el deber en su sangre. — mira a William— y tú, príncipe rebelde, ya estas formado para asumir el trono.

En cuanto lleguemos haremos los arreglos necesarios para que me sucedas con la corona.

La cara de William no se podía ni contemplar ya que últimamente siempre estaba con la cabeza caída y sin hablar. No emitía sonido. Kendall lo mira con gran ternura, ese hermano suyo lo estaba por meter en soberano problema, todo sea por el amor fraternal.

—Padre— dice Kendall— Morgan me dijo que yo nací primero, unos dos minutos antes que William creo —Morgan lo mira despavorido, jamás habían hablado eso, de hecho es mentira, William era el Primogénito—. Así que yo debería asumir el trono, ¿verdad Padre? Son las Leyes Reales.

Malcom lo mira fijamente y después a Morgan.

—¿Es cierto Morgan?

El anciano asiente con la cabeza, sin saber por qué.

William ahora sí levanta la cabeza y mira a todos con cierto dejo de esperanza.

Malcom, sarcásticamente le habla ya que siempre supo que no quería ser rey, acaricia el cabello de William.

—Perdón hijo, no sabía que el primogénito era Kendall. El deber obliga a que sea él quien asuma el reino.

—Padre mío —le dice William—, sé que el trono en manos de Kendall será tan honorable como lo ha sido siempre contigo —Le toma la mano a su padre y su voz se quiebra—. Yo quiero pedirte permiso por favor para quedarme en esta tierra. Amo a Werthel y siempre lucharé cuando sea necesario, pero deseo con todo el corazón permanecer aquí.

Silencio de tumba. Malcom se endereza y camina de un lado a otro del gran salón.

—Me estas pidiendo algo terrible para mí, dejar un hijo solo en tierra extraña me partiría el corazón.

Enseguida salta Ethan.

—Yo podría quedarme, así no permanece solo mi Señor.

Malcom no lo puede creer.

—¿Qué decís Ethan, si ustedes no se pueden ni ver? ¿Alguien más tiene intenciones secretas de permanecer aquí? —Y da un puñetazo en la mesa.

Tímidamente, Lisbeth levanta la mano y Faith la levanta de a poquito.

—¿Me están cargando no? Lisbeth, ya eres casi una mujer y creo que tienes a alguien que quiere cuidarte —mira a Ethan de soslayo—, pero vos —se acerca a Faith—, sos una niña, ¿cómo te atreves a pensarlo siquiera?

—Papi, yo seguiría estudiando con Lisbeth, y seguiría todas tus reglas, ¡¡¡porfi!!! (sí, así hablaba la pequeña, con todos los modismos de su escuela).

Consigue que la dejen internada en el colegio bajo la supervisión de Morgan. Los fines de semana sale y va con su hermano, y deberá visitar dos veces al año su reino. Ante el menor problema en la Tierra será deportada. Su hermano William también deberá cuidarla (como si eso fuera a ser una garantía…).

Morgan se queda en la tierra para cuidar a los herederos y para poder comunicarse entre los dos mundos continuamente con su gran magia.

Debido a que el Castillo Dorado vuelve a su lugar en el reino, en su lugar les dejan a los viajeros una casa inteligente increíble, con todos los chiches, un par de autos deportivos, y algunas motos, regalo de Fantasy.

Aquí vivirán los hermanos, Morgan y también Ethan.

Por supuesto otra vez debe recurrir al hechizo de la memoria colectiva.

Elixir y Trisha vuelven a Werthel y se casan.

Marian también se casa con Ramsus y viven en su reino. Su padre accede al casamiento con una extranjera debido al inmensurable respeto que siente por Werthel; es un honor ser el suegro de Malcom.

Fantasy termina siendo no solamente la hechicera del reino, sino también la reina, pues poco tiempo después contrae enlace con Alexander.

Werthel vuelve a brillar, pero la Tierra, ¡ay dios!, quedó en manos de unos jóvenes terribles.

Ethan es la máxima estrella de fútbol, se vuelve inseparable de Lisbeth, como amigos eh, por ahora…, quien con su grupo musical muy pronto revolucionará todo lo conocido.

William ahora sí va a competir con ese compadrito de Thomas

Borne; modifica su simple antifaz por un traje y máscara increíbles, regalo de Lady Sift. En poco tiempo será una leyenda viviente de las pistas.

Y Faith... ni hablar, está haciendo líos continuamente en Eternity School.

Los dos mundos se complementan, el valor, coraje y sabiduría de Werthel son compatibles con la audacia, la tecnología y la modernidad.

Mientras haya amor, cualquier lugar puede ser nuestro hogar.

Fin del primer libro.

# WERTHEL LIBRO II

proof

# CAPÍTULO I

# LOS HÉROES

# NO SON SOLO LEYENDAS...

**Ciudad Púrpura.**

**Un año después.**

Ethan se consagra como futbolista y ahora es una estrella.

Williams es el indiscutido rey de las pistas, y, paradójicamente, Thomas Borne es su inseparable amigo.

Eternity School es ahora el reino de las dos princesas, donde la música se transforma en magia.

Todo parece normal. Pero la realidad es algo muy diferente. En realidad es la calma que precede al huracán .Porque en breve, todo va a cambiar para todos los habitantes de aquella ciudad que eligieron como segunda casa. Y mucho más cambiaría para nuestros valientes muchachos. Ciudad Púrpura ya no era un tranquilo lugar, hacia un tiempo se había convertido en un lugar lleno de injusticia, villanos peligrosos y mucha desigualdad en todos los aspectos.

La transformación genética debido al traspaso de dimensiones, otorgó habilidades físicas notorias a nuestros viajeros, como fuerza extrema y gran rapidez en Williams e Ethan, aceleraron sus células, y la forma de pelear, la destreza física y el uso de armas es extraordinario. Las habilidades se potenciaron de una forma muy notoria, Malcom lo venía observando y su preocupación era muy grande. Tenía que monitorear más de cerca ahora a las princesas para saber si también sucedía algo diferente en ellas.

Ethan comienza a extrañar Werthel, su vida anterior, en la cual luchaba para defender a los más débiles. Fama, dinero, son cosas efímeras que no logran hacerlo sentir bien. Ahora, sentía que algo le faltaba, y lo hacía sentir muy vacío.

Así que decide acabar con la ola de delincuentes de su ciudad. Se convierte en una especie de vigilante, camufla su aspecto con un look templario, y vuelve a empuñar su espada ancestral, como lo hacía su antiguo yo, pero ahora se siente diferente, más rápido, más fuerte, más sediento de justicia. No solo se está transformando su físico, sino también su alma, que ahora es más oscura y temible.

Muy pronto comienzan a escucharse noticias de este extraño justiciero anónimo.

Pero no es el único. Al parecer se habla también de otro personaje que patrulla las calles, pero mucho más pintoresco; otro vigilante que se desplaza con una moto siempre a gran velocidad.

Son tan solo rumores, pero que despiertan esperanza en aquella Ciudad Púrpura.

Continuará…

proof

Este libro se imprimió en Madrid
en octubre del año 2017

www.ingramcontent.com/pod-product-compliance
Lightning Source LLC
Chambersburg PA
CBHW031900170626
46807CB00004B/1827